KB157848

한국 희곡 명작선 124

미스 대디

한국 희곡 명작선 124

미스 대디

정재춘

평민사

정재춘

미스대디

등장인물

박석구
아내
딸
아들
백광화
그 외

시간

현재

장소

서울 어딘가

무대

무대는 기본적으로 비어있다. 의자나 책상을 이용하여 여러 가
지 장소를 나타낼 수 있다.

1.

박석구의 집.
식탁에서 저녁을 먹고 있다.

딸 석진씨가 자기만 믿으래요. 자기 집 식구들은 자기 말이면 뭐든지 다 듣는대. 우선 유학 가기 전에 약혼식이라도 올리고 가겠다고 미리 말씀드렸나 봐요. 나는 뭐 석진씨가 하라는 대로 하겠다고, 우리 부모님도 그 부분에 대해선 큰 반대는 안 할 거라고 말을 하긴 했지. 걱정하실까봐 말을 했나 봐. 그이나 나나 나이도 그렇고 집안사람들 보는 눈도 있고 하니까 약혼식이라도 올리고 공부를 하러가도 가야 하지 않겠냐고. 뭐 결혼식이야 공부 끝나고 해도 늦지 않잖아요. 요즘은 다 늦게 하는 게 대세인데. 대책도 없이 덜컥 결혼부터 하면 뭐⋯

딸 정신없이 떠들다 주위를 살핀다. 나머지 가족들 표정이 심드렁하다.

딸 (멋쩍게 웃으며) 그러니까 석진씨랑 난⋯
아내 넌 뭐 할 말 없어?

아들   나?

모두 아들을 바라본다.

아들   나야 뭐… 별일 없어요. 새로 스토리작가 한 명 소개 받았
는데, 웹툰이란 게 그렇게 만만한 게 아니라서. 서로 정말
잘 맞아야 하거든. 부부랑 같다니까. 생각하는 거, 행동하
는 거, 뭘 좋아 하는지 주로 무슨 일에 관심을 쏟는지 정말
이심전심.

아내   (박석구를 힐끗 보며) 이심전심?

박석구 말없이 밥만 먹는다.

아들   부부라고 다 아는 건 아니지만 남보단 많이 알아야 하는
건 맞잖아요. 상대가 뭘 좋아하는지 무슨 생각을 하는지.

아내   겉이야 그렇지.

아들   어쨌든. 암튼 그래.

딸   만화를 그리는 거야? 연애를 하는 거야? 혹시 스토리 작
가가 여자 아냐?

아들   남자다. 왜?

딸   스토리만 짱짱하면 됐지,

아들   넌 노래할 때 반주를 아무나 만나서 막 하냐?

딸   뭐?

아들 똘레랑스가 없어. 인간이.

딸 똘 뭐?

아들 똘레랑스. 관용. 넌 니가 하는 것만 예술이지?

딸 똘레랑스. 알아. 관용. 타인에 대한 배려.

아들 (빈정대며) 그러세요? 저만 알아가지고.

딸 뭐가 나만 알아?

아들 아냐? 매사 그렇잖아. 넌 너만 생각하잖아. 넌 너 하는 것만 중요하고 남이 하는 건 안중에도 없지? 만화 따위는 개똥으로도 안 보고. 안 그래?

딸 내가 언제 개똥으로도 안 봤다고 그래? 미술의 하위 장르라 했지.

아들 그게 그 말이지 뭐야? 웹툰은 뭐 그냥 그리기만 하면 되는 줄 알아? 읽고 볼 소비층을 정확하게 타겟팅해서 매주 연재하는 게 쉬운 일인지 아냐고.

딸 누가 쉽대? 그냥 이야기 탄탄하고 그림 좋으면 된 거니까.

아들 그러니까 그게 그렇게 말처럼 막 할 수 있는 줄 아냔 말이야? 성악 한답시고 고상한 척 고매한 척, 아주 마리아 칼라스 나셨어.

딸 야. 네까짓 게 뭘 안다고-

아내 시끄러. 이것들은 만나기만 하면.

아들 쟤가 먼저 긁잖아요.

아내 쟤가 뭐야? 누나한테.

딸 위아래가 없어. 쪼그만 게.

아들 됐네. 이 사람아.

아내 전에 같이 작업한다던 사람이랑 헤어졌어? 얼마 안 되지 않았니?

아들 같이 작업한 진 얼마 안됐는데 너무 예민해가지고.

아내 잘 구슬렸어야지. 스토리작가 만나기 어렵다며?

아들 어려운데 그렇다고 안 맞는 사람하고 작업할 순 없잖아. 이건 뭐 사사건건 트집이니. 하다못해 여럿이 쓰는 작업실은 보안유지가 안 돼서 안 된다나?

딸 작업실이 그만하면 됐지. 잘 나가는 작가도 아닌데.

아내 넌 말을 해도 꼭.

딸 맞잖아요. 새내기들이 모여서 작업하고 그래야지 무슨 재벌 집 자식도 아니고 꼴랑 일주일에 웹툰 하나 연재하면서.

아들 너는 뭐 얼마나 대단한 연주를 한다고 독주도 한 번 못해본 주제에 매번 몇십 만원 씩 그 비싼 레슨실 다니고 그러냐? 그냥 혼자서 이불 뒤집어쓰고 악악대지 그래. 싹수도 노란 게.

딸 이게 정말.

박석구 일어선다.

아내 어디 가요?

박석구 물.

아내 물 안 드렸나?

박석구   응.

아내   앉아 계세요. 애. 니가 아빠 물 좀 떠다 드려.

딸 물을 떠다 박석구에게 갖다 준다.

딸   아빠 쟤 버릇 좀 고쳐주세요. 아주 안하무인이야. 예의라
곤 눈곱만큼도 없어.

아들   쟤가… 누나가 너무 이기적이야. 순 지 생각 밖에 없고 배
려라곤 손톱만치도 없어.

박석구 물을 다 마신 다음 가족들을 둘러보곤 씩 웃는다.

박석구   나 명퇴한다.

식구들 어안이 벙벙해 한다.

박석구   명예퇴직. 회사 그만 둔다고.

딸   예?

아들   명퇴요? 언제?

아내   이번 달까지만 다니신댄다.

딸   엄마도 알고 있었어?

아내   그럼. 그 중요한 일을 엄마가 모르면?

딸   아니 그래도 그렇지. 갑자기 명퇴를 하면.

아내	왜? 걱정돼?
딸	당연히 걱정되지. 아빠가 평생 몸담아 온 곳이잖아요. 정년도 얼마 안 남았는데.
아내	정말 그게 걱정이야?
딸	당연하지. 30년 넘게 교직원으로 복무하신 건데. 학교에서 적절한 예우도 생각하고 있을 텐데.
아들	성과급, 전별금 뭐 그런 거?
딸	그거도 그렇고. 아빠가 오래 다닌 직장인데. 명퇴는 젊어서 다른 길 알아보려고 하는 거잖아. 아빠는 정년도 거의 다 됐는데. 얼마 안 남았지 아마?
아내	4년.
아들	4년? 교직원 정년이 70세 아니었나?
아내	관심 좀 가져라. 자식이란 것들이.
딸	그럼 명퇴할 이유가 없잖아? 학교에서 나가라고 푸시하는 것도 아닐 텐데. 그리고 아직 우리들.
아내	너희들 뭐?
딸	아니 우리들이 완전히 자립한 것도 아니고, 기량이나 나나 아직 엄마 아빠 도움으로 살아야 하는데.
아내	(한숨 쉬며) …
딸	(아빠 눈치 보며) 나나 기량이나. 맞다. 기량이는 작업실도 넓혀야 하고 나도 유학비용이랑…
아들	지금 당장 작업실을 넓혔으면 하는 건 아니야.

아내 더 크게 한숨 쉰다.

아내 물어봐라. 니들 아빠한테.

딸 아들 아빠를 쳐다본다.

박석구 왜?

딸, 아들 아빠.

박석구 오늘 결재 났어. 명퇴서.

딸 예?

아들 벌써 내신 거예요? 명퇴서.

박석구 올해 내가 몇 살인 줄 알아?

딸 아빠 나이요?

박석구 그래.

딸 당연히 알죠. 환갑이잖아요.

아들 그렇잖아도 아버지 환갑잔치를 어떻게 할까 누나랑 얘기 해 봤는데.

박석구 잔치 따윈 필요 없고.

딸 그럼 가까운 일가 연락해서 조촐하게 식사라도 할까요? 석진씨는 자기 부모님도 모시게 좀 근사한 호텔로 잡아보 자는데.

박석구 (아내를 바라보며) 여행 갈 거야. 엄마하고 단 둘이.

딸, 아들 여행이요?

박석구	응.
아내	어디?
박석구	일본.
아내	일본?
박석구	응.
딸	일본. 온천여행 좋죠. 우레시노 료칸에서 목욕하고 저녁엔 두부에 시원한 사케 한 잔. 캬 좋겠다.
아들	그보단 나가노 히루카미에서 목욕하고 제대로 된 나가노식 돈카츠에 기린 이치방 생맥주를 쫘. 죽인다.
박석구	그건 차차 정할 일이고.
아내	일본에서 뭐 할 일 있어요?
박석구	알아볼 게 있긴 한데.
아내	그럼 일 때문에 가자는 거야?
박석구	여행 중에 잠깐 짬 내서 보면 돼.
아내	언제 가려고? 당신 환갑날에 맞춰서 가게?
박석구	아무 때나. 이달 말이면 해방인데.
아내	난 겨울에 갔으면 좋겠어. 기영아빠.
딸	온천은 겨울이 제격이래.
아들	맞아요. 아빠. 노천에서 눈 맞으며 노부부가 도란도란. 분위기 죽인다.
아내	북해도.
박석구	북해도?
아내	티브이에서 봤는데 겨울 북해도가 그렇게 멋있다나보우.

14

눈이 몇 미터씩 오는데 눈 굴을 뚫어 그곳으로 사람이랑 차가 다니고.

박석구 그럽시다. 뭔들 못 하겠어. 이달 말이면 해방인데.

아내 (진지하게) 그렇게 지겨웠수?

박석구 뭔 소리야?

아내 말끝마다 해방, 해방하니까 그렇지. 얼마나 일 하는 게 싫었으면.

박석구 즐거워서 일을 하나, 해야 하니까 하는 거지.

아내 내 말이.

딸 어떻게 좋아 하지도 않는 일을 삼십 년이 넘도록 하셨대?

아내 그게 인생이라는 거야. (발끈해서) 니들이 게맛을 알기나 해?

아들 모든 아버지가 불쌍하다. 자기 삶의 주체적 결단이 언제나 가족 때문에 유보되는.

아내 결단 같은 소리하고 있다. 한 번 살아봐라. 이것들아. 니들이 이제껏 누리고 살아 온 게 다 누구 덕인데. 저 하고 싶은 대로 다 하고 사는 게 가당키나 한 줄 알아?

아들 안다구. 누가 뭐래? 괜히 나한테만 뭐라 그래.

아내 니들이 엄마 아빠에 대해서 뭘 알아? 그저 지들만 알아가지고. 다 니들 혼자 큰 거 같지? 이것들은 그저 딱 저 같은 자식들 낳아봐야 돼.

딸 아이고. 울 엄마 또 시작이다. 알았어요. 고만.

아내 고만은 뭐가 고만이야. 엄마랑 아빠가 니들을 어떻게 키웠는데.

딸 알았다고요. 이렇게 성악도 하고 미술도 해서 장차 훌륭한 예술인이 될 재목으로 키워 주셔서 감사무지로소이다. 어마마마.

아내 아는 것들이.

아들 아빠.

박석구 왜?

아들 감사해요.

아내 난?

아들 당연히 감사하죠.

아내 (딸을 보며) 넌?

딸 아빠 엄마 따랑해요.

아내 말은.

딸 근데. 아빠.

박석구 딸을 쳐다본다.

딸 일 그만 두시면 뭐 하실 거예요?

박석구 글쎄.

딸 명퇴 후 증후군이란 말이 있대.

박석구 명퇴 후 증후군?

딸 확실한 말은 잘 모르겠는데 그게 몇십 년 동안 직장 생활을 하다가 갑자기 일을 그만 두면 환경이 바뀐 탓에 어쩔 줄 모르고.

아내	니 아버지는 그럴 일 없어. 아마 무슨 일이든 찾아서 할 거야.
딸	그러니까 그런 사람들이 더 패닉에 빠져서 뭐라도 하려다가 그나마 있는 거 몽땅 잃게 된다는 거지.
박석구	여성용품 가게를 열 거야.
딸	예?
아들	여성용품 가게? 그게 뭐야?
딸	엄마?
아내	낸들 아니?
딸	엄마도 몰라?
아내	니 아빠한테 물어보라니까!
딸	엄마한테 말 안 하신 거예요?
박석구	말했다.
딸	엄마?
아내	아니 느닷없이 여성용품가게를 내겠다고 하면서 무슨 여성으로 살아가겠다고.
딸	예?
박석구	맞아.
딸	여성으로 살아간다구요?
박석구	응.
아들	뭐야? 울 아빠 커밍아웃 하는 거야?
박석구	아직은 잘 모르지만 여성으로 살아가려고.
아내	이 양반이 정말.
딸	잠깐. 잠깐만.

딸 쉼 호흡을 크게 한다.

딸　　그러니까 아빠가 여성이 되고 싶다는 거예요?

박석구　정확히는 그래. 지금 당장은 안 되겠지만.

딸　　당장 안 되는 게 아니라 아주 안 되는 거잖아. 어떻게 남자가 여자가 돼? 아빠 남자잖아?

아들　여성의 삶을 체험하고 싶은 거?

박석구　그것도 그렇고. 아무튼 여성이 할 수 있는 걸 하면서 살고 싶어. 지금 당장 성이 바뀌지는 않지만.

딸　　그럼 뭐 여자처럼 살고 싶은 거야? 여자처럼 입고 치장하고 그런 거? 맞아요? 아빠?

박석구　겉모습의 변화가 첫 시작이겠지.

아내　여자가 무슨 겉치장만 한다고 되는 줄 알아?

박석구　차차 배워 가야지.

아내　아니 무슨 여자가 배워서 되는 거냐고? 기가 막히고 코가 막혀서.

아들　육십에 커밍아웃이라. 멋지다 울 아빠. 난 응원할게. 성 정체성은 찬반의 대상이 아니라 실존을 담보한 존재론적 결정의 문제라고 생각해.

아내　귀신 씨나락 까먹는 소리하고 자빠졌네. 니 아빠 나이가 몇이야? 그리고 니 아빠 교회 장로님이야. 장로님. 개척교회 때부터 평신도로 교회 살림살이 전부 하나부터 열까지 챙기고 보살펴 온 박석구 장로라고. 그런 사람이 손에 매니큐어 칠하고 다 늙은 얼굴에 화장하고 여자 옷 입고 교회를 간다고?

딸   설마. 집에서만 하겠지.

아내   니 아버지한테 물어봐라.

딸 아들 박석구를 쳐다본다.

박석구   교회엔 따로 말씀을 드릴 거야.

딸   아빠. 장난하지 마요.

박석구 딸을 물끄러미 쳐다본다.

딸   좋아. 여장을 해도 집에서만 해. 여자가 되는 것도 차차 알아가야 하는 거잖아요. 천천히 하나씩 하면서.

아들   페미니즘에 대한 책도 좀 봐야하지 않을까? 주디스 버틀러, 엘렌느 식수. 전혜린도.

딸   뭐 책도 좋겠지. 원래 아빠 독서 좋아하잖아.

아내   할 거 많아 좋겠수.

아내 땅이 꺼져라 한 숨을 쉬며 돌아앉는다.

아내   말년에 노망도 아니고…

딸   노망이라니…

아들　　　노망이긴 너무 젊지.

박석구 미소만 머금고 아무 말 않는다.
박석구 식구들을 찬찬히 돌아본다.

2.

박석구 거실에 앉아 노트북과 여행 자료들을 열심히 보고 있다. 문 열리는 소리. 아내 손에 택배물품을 들고 들어온다. 운동복장에 머리는 젖어있다. 박석구 여행자료를 추려서 봉투에 넣는다.

아내　　　나 왔어요.

박석구　　어.

아내　　　뭐해요?

박석구　　(노트북을 계속 보며) 아냐.

아내　　　뭔데?

박석구　　이거?

아내　　　…

박석구　　여행자료 뽑은 거야.

아내 심드렁히 쇼파에 앉는다. 박석구는 여전히 노트북을 보고 있다.

아내　　　(젖은 머리를 털면서) 여행사에 알아봐요. 괜한 고생 말고.

박석구　　문의해 놨어. 거기서 보내온 자료들이야.

아내　　　패키지로 알아봐. 편한 게 제일이야.

박석구	…
아내	미경언니는 유럽 갔다 왔다던데.
박석구	누구?
아내	주원엄마.
박석구	학부모 모임?
아내	예.
박석구	아직도 만나?
아내	안 나가고 싶은데 계속 전화가 오니…
박석구	그분 나이가 많지 않나?
아내	많지요. 아저씨가 잔나비 띠니까 당신보다 8살 위지 아마?
박석구	기영이랑 주원이가 동갑인가?
아내	둘째도 기량이랑 같은 학년이었어요.
박석구	애들을 늦게 보셨네.
아내	결혼을 늦게 했잖아요. 그 집 아저씨 원래 신부 되려고 했다던데.
박석구	당신 그 모임 별로 안 좋아하지 않았나?
아내	안 좋아했지.
박석구	왜?
아내	왜긴, 애들 때문이지.
박석구	연영과 들어갔다고 하지 않나? 탤런트 한다고.
아내	누구?
박석구	그 집 큰 애.
아내	작은 애가 그렇고. 큰 애는 피아노 했잖아. 처음엔 기영이

랑 같이 성악 했었고.

아내 한숨 쉰다. 박석구 아내를 쳐다본다.

박석구	왜?
아내	기영이는 참 날 마음 아프게 많이 했어.
박석구	…
아내	첫째라 정말, 기대 안 하려고 해도 어쩔 수가 없더라구.
박석구	그래도 자기 길 찾아 잘 가고 있잖소.
아내	걘 늘 힘들어. 한 번에 간 게 없어. 우리 애들은 왜 그 모양이지?
박석구	그만하면 괜찮은 거야. 우리 애들.
아내	하긴. (갑자기 뿌루퉁해져서) 할 애기가 그렇게도 없나? 만날 때마다 맨날 자식들 자랑뿐이니.
박석구	얼마나 불쌍한 삶이오? 할 수 있는 게 자식 자랑밖에 없다는 게.
아내	그러면 뭐 해? 피아노로 한예종 들어갔다고 자랑 자랑 해봐야 지금 뭐야? 그냥 시집가서, 이젠 대기업 사위에 손주가 너무 이쁘다고 난리야. 둘째도 탤런트는커녕 .
박석구	잘됐구먼. 좋은 데 시집도 보내고.

문 열리는 소리. 딸 들어온다.

딸　　　(피곤한 듯) 다녀왔습니다.

아내　　밥은?

딸　　　먹었어요.

아내　　(택배를 가리키며) 이거 가져가라.

딸　　　택배 올 거 없는데?

아내　　네 꺼 아냐?

딸　　　택배 올 거 없다니까. 기량이가 주문했나?

딸 와서 택배를 둘러본다.

딸　　　아빠 껀데?

박석구 고개를 든다.

딸 택배를 흔들어 본다.

박석구　아차. 그거 이리 줘라.

아내　　당신이 택배 주문했어? 기량이 꺼 아냐?

박석구　내가 뭐 좀 주문했어.

박석구 택배를 냉큼 받아서 안방으로 들어간다.

아내　　니 아빠 좀…

딸　　　필요한 게 있었겠지.

아내	누가 택배 가지고 뭐라니? 꼭 뭐에 홀린 사람처럼.
딸	환경이 달라져서 그럴 거야. 뭐든 적응기간이 필요하잖아.
아내	여자 타령 안 하니 좋긴 하다만. 요즘 무슨 일을 하고 다니는지. 원.
딸	그러게 말야.

박석구 긴 원피스를 입고 나온다. 멋쩍은 듯 서 있다. 아내와 딸 입이 딱 벌어진다.

박석구	원단이 천연 소재라누만.
아내	기영아빠.
딸	(못내 웃음을 참으며) 잘 어울려요. 아빠.
박석구	그렇지. 염료도 다 친환경 소재란다.

아내와 딸 박장대소 한다.

아내	왜 가발도 주문하지?
박석구	주문하긴 했는데…

가발을 주섬주섬 꺼낸다.

박석구	어떤 게 어울릴지 몰라 두어 개 더 주문할까 하는데.
딸	어디 쉬 봐요. 아빠.

박석구 건넨다.

딸　　좋은 거 주문했네.

박석구　가격이 만만치 않더라. 인공모가 아니라 그런지.

딸 박석구 쪽으로 간다. 박석구에게 가발을 씌우려 하자 움찔한다.

딸　　가만 있어봐. 잘 어울리네.

아내　아주 이뻐. 새장가 아니 새 시집가도 되겠어.

박석구　손톱이 못 생겨가지고.

딸　　매니큐어도 주문했어요?

박석구　(고개를 주억거린다)

아내　발라. 그래야 호가 나지.

딸　　뭐든 처음이 어려워. 한 번 해보면 엄마 말대로 호가 나게
　　　　마련이야.

아내　이참에 이름도 짓지 그래? 박석구니까 석순이. 박석순이.
　　　　아주 입에 짝짝 붙네.

딸　　석순이? 에이 그건 좀 그렇다. 세련된 이름으로 지어야지.
　　　　엣지 있게.

박석구　이름은 뭐, 그냥.

아내　뭐? 그냥 뭐?

박석구　(멋쩍게) 혜련.

아내　뭐요?

박석구	혜련. 박혜련.
딸	혜련? 엄마 이름이잖아?
박석구	난 엄마 이름이 참 좋더라구. 멋있고.
아내	아니 하고 많은 이름 중에 왜 내 이름이야? 많잖아 다른 이름.
박석구	그럼 혜연이라 할까? 박혜연.
아내	(소리를 빽 지르며) 쓸데없는 소리 말아요!
딸	깜짝이야. 소릴 지르고 난리야.
박석구	알았소.
아내	장난도 유분수지.
딸	귀엽기만 하고만.
아내	뭐가 어째?
딸	나이 먹어 무기력해지는 노인네들 많은데 그래도 낫잖아요. 발상이. 이 정도면 울 아빠 괜찮어. (깔깔대며) 귀엽기도 하고. 대찬성.
아내	뭐가 대찬성이야. 이년아. 남들 볼까 겁난다. 우세스러워서. 원.
박석구	(아이펜슬을 꺼내서) 이건 어떻게 쓰는 거냐?
아내	아주 화장 세트를 주문하지 그러셨수?
딸	(반색을 하며) 그건 아이라인 그릴 때 쓰는 거예요. 요즘 남자애들도 많이 하고 다녀.
박석구	지금 당장 할 건 아니고.
딸	아냐. 지금 풀 메이크업을 한 번 해보자. 아빠.

박석구	아니다. 지금은.
딸	아냐. 쇠뿔도 뭐 어쩌구 한다잖아. 아예 오늘 싹 해보고 뺄 거 빼고 해보자고.
아내	미친년.
딸	다 큰 딸한테 미친년이 뭐유. 미친녀이. 이쁜 년이지.
아내	개코나. 부녀가 신나가지고.
박석구	오늘은 말고 다른 날 해보자. 약속 있다. 저녁에.
아내	왜? 그러고 나가지 그래요? 얘 말마따나 풀 메이크업으로.
딸	(웃음을 참으며) 엄마?
아내	여자가 되겠다며? 기왕 하려면 확실히 해야 할 거 아냐!

박석구 일어나 안방으로 들어간다.

아내	(박석구쪽으로 악을 쓰듯이) 여자는 뭐 거저 되는지 알아? 그런 결심으로 잘도 되겠다. 박석순이 되든 박말순이 되든 어디 맘대로 해보시구려. 내 눈 하나 깜짝하나. 미쳐도 원 곱게 미쳐야지.

카페 여울. 바에 몇 사람 앉아 있다. 박석구 문을 열고 안으로 들어간다.

백광화	어서 오세요.

박석구 두리번거리다 구석진 자리로 가 앉는다. 백광화 다가간다.

백광화   (친근하게) 또 오셨네요?

박석구   예?

백광화   또 오셨다구요.

박석구   (당황해서) 예. 또 왔습니다.

백광화   궁금하지 않으세요?

박석구   …

백광화   제가 선생님을 금방 알아본 비결.

박석구   (얼결에) 제가 좀 평범한 얼굴이라 금방…

백광화   비범해야 금방 알아보지 않나?

박석구   그렇죠. 비범해야 금방.

백광화   비범해 보이시진 않는데요?

박석구   그렇죠. 제가 비범하지 않아서.

백광화   멤버십이거든요.

박석구   예?

백광화   멤버십.

박석구   멤버십요?

백광화   네. 멤버십. 남자 손님은 정말 희귀하죠.

박석구 주위를 두리번거린다. 남자는 자기가 혼자라는 걸 깨닫고
황급히 자리를 일어난다.

박석구 이거 죄송하게 됐습니다.

백광화 (웃으며) 가실 것까진 없어요.

박석구 엉거주춤 자리에 앉는다.

백광화 남자 손님 입장을 거절하는 건 아니거든요.

박석구 그게…

백광화 카페 여울. 여성울림 멤버십 카페.

박석구 내가 사실 이런 덴 처음이라…

백광화 (미소를 머금고) 이런 데는 어떤 덴가요?

박석구 (당황해서) 내가 옛날 사람이라. 젊은이들 모이는 곳은-

백광화 (웃으며) 나이는 숫자에 불과하다는데 모르시나 봐.

박석구 그야 그렇죠.

백광화 아직 젊으세요.

박석구 안 젊습니다. 저-

백광화 (재미있다는 듯이 웃으며) 알았어요. 안 젊으세요. (놀리듯) 아니 늙었어요.

박석구 (어쩔 줄 몰라 하며) …

주변 사람들 박석구를 보며 웃는다.

백광화 농담이에요. 농담.

박석구 아 예.

백광화　지난 번 정모 때 처음 오셨죠?

박석구　…

백광화　좀 특이하셨어요.

박석구　내가요?

백광화　예.

박석구　무슨.

백광화　보통은 자기 닉에 맞게 DC를 하고 오는데…

박석구　(멍히 백광화를 쳐다본다)

백광화　아. 모르셨구나.

박석구　예?

백광화　드레스코드. 자기 닉네임에 맞는 드레스코드. 제 닉은 빨간 마녀니까 마녀 분장을 하고.

박석구　예?

백광화　왜 그렇게 놀라세요?

박석구　빨간 마녀라면…

백광화　예. 온, 오프 카페지기 빨간 마녀. 저예요.

박석구　제 상상과 달라서…

백광화　(웃으며) 상상이요? 어땠는데요 상상은? 막 뿔 달린 마녀로 생각하셨을까?

박석구　아니요. 그럴 리가 있겠습니까?

백광화　그럼요?

박석구　그게…

백광화 박석구를 장난스레 쳐다본다.

박석구   우리처럼 혼란을 겪는 사람으로.

백광화   저도 같아요.

박석구   너무 아름다우셔서. 마치 진짜 여성분처럼.

백광화   저 여자 맞는데.

박석구   예?

백광화   여자라고 다 여성은 아니죠.

박석구   상담 내용이 너무도 진실 되고 그래서, 정체성에 혼란을
          겪어 온 우리와 같은 부류의 사람일 거라 생각했소.

백광화   제가 좀 특이한 경우긴 해요.

박석구   …

백광화   이곳에 오시는 분들은 대부분 옷을 갈아입죠. 저기서.

박석구 백광화가 가리키는 곳을 본다.

백광화   여자 분들은 자기가 느끼는 가장 여성적인, 자기를 가장
          여성되게 만들어주는 느낌의 옷으로 혹은 옷감으로, 남성
          분들은 보통 똑같이 옷이나 옷감을 이용하기도 하지만 특
          별히 다른 소품을 사용하기도 합니다. 간혹 이상한 취향
          이 있어 정중히 자제를 부탁드리기도 하지만요.

박석구   …

백광화   호전적인 여성분들이 남성적인 닉을 사용하곤 해요. 그분

들은 정모 때 남장을 하죠. 자기 닉에 맞게. 그렇지만 여성임이 금방 드러나요. 남자를 동경하는 건 아니니까.

박석구　그렇군요.

백광화　그분들이 과격하거나 폭력적인 건 아니에요. 분개할 뿐이지. 실천적 페미니스트들이랄까.

박석구　내가 바보짓을 했군요. 그냥 평상복을 입고 나타났으니. 그것도 남자복장 그대로.

백광화　미스 대디시죠?

박석구　어떻게 아셨소?

백광화　아무리 온라인이 개방이 돼 있어도 60대가 소상히 자기 신상을 밝히며 들어오는 경우는 흔치 않죠.

박석구　가입 조건에 소상히 자신에 대해 쓰라고 해서…

백광화　잘 하셨어요.

박석구　그럼 나도 옷을 가져와서 갈아입어도 되겠소? 카페 상담 조언대로 내게 여성으로서의 영감을 줄 것 같은 옷을 주문해 받았는데.

백광화　그럼요. 뭐 아직 여성으로서의 자신의 삶을 받아드릴 마음의 준비가 안 됐다면 그냥 오셔도 되고요.

박석구　준비가 안 됐다면 여기에 오지도 않았을 거요.

백광화　계속 들르시기에 짐작은 했어요. 물론 조용히 있다 살짝 가시긴 했지만.

박석구　알고 있었다니 좀 약 오르네요.

백광화　(웃으며) 너무 조심스러워서 엄두도 못 냈다구요. 혹시나 하는 생각도 들고.

박석구 혹시라니?

백광화 가끔 있어요. 그런 분들.

박석구 변태?

백광화 변태가 가만있다 가지는 않죠.

박석구 그러면.

백광화 뭐 자식의 변화가 걱정돼 몰래 들어와 보시는 부모님도
     있을 테고.

박석구 내가 그렇게 보였소?

백광화 처음엔 그랬는데.

박석구 그랬는데?

백광화 행복해 보였어요.

박석구 행복이요?

백광화 네.

     사이.

백광화 뭐 마실 거 갖다 드려요?

박석구 그때 마셨던 거 있소?

백광화 언제요?

박석구 내가 처음 왔던 날.

백광화 정모 때요? 썬더 오브 가이아?

박석구 (고개를 주억거리며) 그거.

백광화 (웃으며) 여신의 번개. 그거 제가 만든 거예요. 그날 막. 그
맛이 날까 모르겠네.

백광화 바 쪽으로 간다. 바에 있는 사람들과 뭐라 얘기한다. 칵테
일을 만들어 그들에게 돌린다. 환호. 두 잔을 갖고 와 앉는다.

박석구 (잔을 받으며) 혹시…

백광화 네?

박석구 정모 때 노래 불렀던 사람.

백광화 노래요? 그날 노래 여럿 불렀는데?

박석구 처음 노래 불렀던 사람. 나이도 좀 있어보이던.

백광화 하와님이요? 머리에 화관 썼던?

박석구 하와?

백광화 예. 하와님. 지금 일본에 가셨는데. 근데 왜요?

박석구 갔소? 일본?

백광화 예. 가셨어요. 가신 이유 아시죠?

박석구 알고 있소. 그날 들었소.

백광화 그분 세 번째 가시는 거예요.

박석구 그날 정말 놀랐소.

백광화 예전엔 유서 쓰고 수술했대요. 잘 될 확률도 너무 낮았고.

박석구 죽음을 담보해야 했다던 말이 너무도 절실해서.

백광화 자신의 삶을 걸어야 하는 도박. 잔인하죠.

박석구 세 번째면 너무 위험하지 않소?

백광화 위험하죠. 물론 지금은 비약적 발전이 있다고 해도 위험을 감수해야 되는 건 마찬가지니까.

박석구 그렇다면 왜?

백광화 그분은 궁극적 여성의 길을 성전환으로 판단하신 거예요. 고독한 결단이죠.

박석구 궁극적 결단이라.

백광화 물론 달리 생각하시는 분들도 많아요. 제 입장도 그렇고요.

박석구 달리 생각한다는 건…

백광화 정신적인 문제 아닐까요? 아무리 몸이 여자라도 다 여성일 수는 없는 거니까요.

박석구 그렇지만 아무래도 몸이 변하면 마음도 변하는 거 아닐지.

백광화 그렇기도 하죠. 궁극적인 건 본인이 어떻게 생각하는가에 달린 거 아닐까요? 정답은 없어요. 하와님은 자기가 믿는 바대로 실천하며 산 거고요.

박석구 그럼 다른 분들은, 그러니까 몸을 바꾸는 것이 궁극적 해결이라고 믿지 않는 사람들은 어떻게 합니까?

백광화 끊임없는 내면화? 어렵나요? 말이 너무?

박석구 아니오.

백광화 아니마, 아니무스를 말하는 건 아니에요. 우린 여성으로서의 삶을 영위하고자 하니까.

박석구 남자가 여성이 되고자 하는 게 정상은 아니잖소.

백광화 그렇게 느끼세요?

박석구 …

백광화   남성을 혐오하는 건 아닙니다만, 우린 더욱 여성이어야만 하는 사람들이죠. 남성으로서의 삶이 너무도 괴로운 또는 여자면서 여성이지 않은 그런 비참한. 우린 그걸 견딜 수 없어하는 거니까.

박석구   정답은 자기 안에서 찾아야 한다? 그게 어떤 것이든, 어떤 희생을 치루든?

백광화   다 자기한테 달린 거 아닌가요? 그냥 숨기고 견디며 살든가, 아니면.

박석구   아니면?

백광화   미스 대디님은 어떠세요?

사이.

박석구   모르겠소.

백광화   쉬운 결정은 아니죠.

박석구   몸에 맞지 않는 옷이었소. 끊임없이 다른 생각들. 같은 처지에 있는 사람들과 늘 다른 나 자신. 아니 그게 무엇인지 몰랐으니까 그게 어떤 감정인지 설명 불가능했으니까. 주변 어디에도 나와 같은 사람은 없었으니까.

백광화 가만히 듣고 있다.

박석구   숨기고 사는 법을 터득하는 건 어렵지 않았소. 드러내지 않으면 아무도 모르니까. 오히려 다른 쪽으로 더 드러내게 되는 거지. 왈짜처럼. 내 안의 소리는 애써 무시하는 게 정상적인 삶을 살아가는 방법이었단 말이요. 그렇지만 차곡차곡 쌓아온 것들이, 애써 무시해놨던 그 소리들이 걷잡을 수없이 부풀어 올라서 나를 집어삼키고, 나를 휘저어서 이젠 단 하루도 이렇겐 살 수 없을 만큼, 이 모든 삶들이 거짓인 줄 내가 아는데, 내 주위의 모든 사람들, 모든 사물들 그리고 그 지긋지긋한 관계들. 마리오네트처럼 그들이 조종하는 대로 그저 그들이 원하는 대로. 더 이상 당신들이 바라는 박석구로는 더 이상 더 이상은 살 수 없어서!

백광화 박석구의 손을 꽉 잡는다. 박석구 심하게 몸이 흔들린다.

박석구 예전에 친구가 하나 있었소. 모두의 우상이었지. 팔방미인이었으니까. 어려서부터 같은 동네 위아래 집에 살았소. 부모님들도 형님 아우하면서. 우린 늘 같이 다녔지. 마치 형제처럼. 말 그대로 단짝, 거칠게 말해 불알친구였소. 학교에 들어가면서 우린 으레 비교를 당했소. 난 그를 당할 수가 없었어. 그는 뭐든 나보다 나았거든. 하다못해 덩치도 점점 커져서 나와는 비교도 되지 않을 만큼 늠름해져서.

박석구의 핸드폰 울린다.

박석구 여보세요. 예. 맞습니다. 강혜련이요? 제 아내 되는 사람입
니다만. 예? 응급실이요? 예. 예? 압니다. 알겠습니다. 곧
가겠습니다.

박석구 황급히 일어난다.

백광화 무슨 일이?

박석구 아내가 운동하다가 쓰러져 응급실에 실려 간 모양이오.
얼른 가봐야 할 것 같소.

백광화 네. 별일 없을 거예요. 얼른 가보세요.

3.

병실 아내 누워 있고 그 옆에 원피스를 입은 박석구가 앉아 간호를 하고 있다.

아내	이제 고만 들어가 쉬어요.
박석구	아냐. 저녁 때 조직검사 한다잖소.
아내	아직 2시도 안 됐는데 좀 쉬고 오라고요.
박석구	사과 들겠소? 금식 검사는 아니니 다행이지.
아내	기영아빠.
박석구	(사과를 깎으며) 응.
아내	참 별일이지 뭐유?
박석구	뭐가?
아내	당신은 참 상냥한 사람인데.
박석구	그런가?
아내	참 다정하고.
박석구	다정하고.
아내	근데.
박석구	근데?
아내	뭐랄까… 가슴이 없는 사람이랄까?
박석구	가슴이 없으면 죽지.

아내　　장난하지 말고요.

박석구 아내에게 사과를 건넨다.

아내　　뭐랄까… 마음이 비어 있는 허재비.

박석구　…

아내　　내 남편인데 내 남편이 아닌 거 같은, 그렇다고 당신을 의심하거나 한 건 아니었어요.

박석구　의심스럽긴 했나?

아내　　그럴 주제나 됐수?

박석구　누가 아나?

아내　　개코나.

박석구　(웃으며) 믿는 도끼.

사이.

아내　　평생 살면서 후회하지말자 다짐하면서 살아 왔는데.

박석구　…

아내　　사실 내가 당신에게 불충분한 아내는 아니었을까 하는 생각이 늘.

박석구　서로에게 충분한 사람들이 얼마나 있겠소.

아내　　당신 그거 알아요?

박석구　뭐?

아내	부부생활.
박석구	부부생활? 섹스?
아내	응.
박석구	난 불만 없었소.
아내	난 많았는데.
박석구	그래? 한다고 했는데, 그렇게 불만족스러웠소?
아내	자주 만났어야 어떤지 알기를 알지.
박석구	당신이 별로 관심 없어 해서.
아내	난 사람 아니에요?
박석구	여자는 욕구가 좀 덜 하다고 하니까.
아내	여자는 사람 아니냐고.
박석구	(웃으며) 그러게.
아내	도대체 언제부터 그런 거예요?
박석구	뭐?
아내	결혼 전부터 원래 욕구가 없었어요, 아니면 나한테 아무 느낌도 없었어요?
박석구	그런 건 아니야. 여보.
아내	내가 손을 대지 않으면 당신은 전혀 내게 오지도 않았잖아요. 그나마 기량이 낳고 나선 그마저도.
박석구	여보.
아내	나무라는 게 아니야. 이제와 뭘 어쩌겠어요?
박석구	…
아내	얘기가 좀 세나갔지만 그전엔 못 느꼈던 감정이 요새 들

어요.

박석구   응?

아내   뭐랄까… 충일감이랄까.

박석구   충일감?

아내   예.

박석구   충일감은 어떤 감정이누?

아내   이제야 내 남편 같은, 뭔가 하나 된 느낌이 든다고 할까. 암튼.

박석구   좋다는 뜻이오?

아내   좋다는 뜻이긴 한데.

박석구   그럼 됐지.

아내   옷 말이에요.

박석구   왜?

아내   그 옷은 도무지.

박석구   난 편하고 좋은데.

아내   이제 고만하고 돌아와요. 기영아빠. 여자놀이 그만하면 됐잖아요?

박석구 웃는다.

아내   웃지 말고.

박석구   웃지 않으면 울까?

아내   남 보기 민망해서 그래. 검사 다 끝나면 퇴원 전까진 다인

실에 있어야 할 거 아니우. 그때도 그러고 있을 거유?

박석구 씩 웃기만 한다.

아내   (한숨을 쉬면서) 몰라. 여자가 뭐가 좋다고.
박석구   눈 좀 붙여요.
아내   당신이나 좀 쉬라니까.
박석구   괜찮아.
아내   몰라. 고집은.

아내 슬그머니 잠이 든다. 박석구 아내를 물끄러미 쳐다본다. 조명 바뀐다. 젊은 박석구와 그의 친구(군인) 무대 앞에 있다.

친구   혜련이는?
석구   택시 태워 보냈어.
친구   계집애가 고집은 세 가지고.
석구   너무 많이 마시더라고.
친구   누가 맞대작을 하랬대냐? 아주 한 치도 안 져.
석구   니가 약을 올리니까 그렇잖아.
친구   내가 무슨 약을 올려? 기집애가 내가 말을 하면 사사건건 트집을 잡고 태클을 걸잖아.
석구   말을 하다보면 의견이 갈릴 수도 있는 건데.
친구   도가 지나치니까 문제지. 언제까지 지 얘기를 들어 줄 거 같냐고.

석구 둘이 죽이 잘 맞다가도 꼭 끝이 이렇다니까.

친구 그러니까 더 화가 난다니까. 저랑 나랑 벌써 몇 년째냐?

석구 그러게. 니들 뒤치다꺼리하는 것도 지겹다.

친구 뭐가 지겨워 임마.

석구 너라면 안 지겹겠냐? 남 연애하는데 중간에 끼어서 오바 이트나 받아주고.

친구 그런가?

석구 몰라. 씹새야.

친구 친구 아이가?

석구 이럴 때만 친구지?

친구 (간지럽히며) 친구잖아.

석구 왜이래 징그럽게.

친구 에이. 꼬추 한 번 만져 보자.

석구 씨발 놈이.

두 사람 몸싸움을 하다 어깨동무를 하고 웃는다.

친구 난 말이다. 우정이 가장 소중하다고 본다. 사랑은 그 다음 이지.

석구 난 그딴 말장난도 지겹다고 본다.

친구 그렇잖냐? 여자는 또 만나면 되지만.

석구 친구도 또 만나면 되지요.

친구	말 돌리지 말고.
석구	말은 귀하께서 돌리고 지랄이시네.
친구	석구야.
석구	돈 없다. 갑자기 진중하게 말하지 마라. 군바리 새끼야.
친구	봉급은 내가 더 많거든. 백마부대 육군 중위 김중위를 졸로 보시나?
석구	좆으로 봅니다요.
친구	마니 컸어. 잘 컸어. 우리 석구.
석구	지랄.

두 사람 건배를 한다. 박석구가 두 사람을 아득하게 바라보고 있다.

친구	너 나 좋아하지?
석구	(당황해서) 뭐?
친구	너 나 좋아하잖아.
석구	친구를 안 좋아하면 그게 친구냐?
친구	그게 다야?
석구	(당황해서) 그럼 뭐? 뭐?
친구	아 씹새. 나 좀 더 좋아해주지.
석구	뭔 소리야? 븅신이.
친구	(큰 소리로) 우리 석구가 나 좀 더 많이 좋아해줬으면 좋겠습니다.
석구	(큰 소리로) 싫거든요.

친구	석구야.
석구	왜 임마.
친구	너 왜 연애를 안 하냐?
석구	맘에 드는 처자가 없어서 그런다 왜?
친구	그레타 가르보 같은 처자? 가슴이 이따 만한?
석구	그래. 가슴이 이따 만한. 술이나 마셔. 임마. 쓸데없는 소리 말고.

두 사람 술을 마신다.

친구	나 혜련이 놓치기 싫다.
석구	좋은 여자야.
친구	이 여자 꼭 잡을 거야.
석구	그래. 꼭 결혼해.
친구	넌 어떡할 거냐?
석구	그걸 니가 왜 신경 써?
친구	친구잖냐? 불알친구.
석구	됐어. 임마. 나 여자 많아.
친구	정말?
석구	그럼. 줄을 섰지.
친구	그럼 됐고.
석구	싱거운 놈.
친구	내가 만약 무슨 일이 생기면 니가 혜련이 지키기다.

석구　니가 지켜야지 내가 왜 혜련이를 지켜?

친구　혹시 월남에서 내가 잘못되면, 그럴 리 없지만.

석구　씨발 놈이 말을 해도. 지금 몇 년도야? 월남전 끝물이라고. 끝물. 안 가도 되는 걸 진급 때문에 간다면서 그것 때문에 혜련이랑 싸워 놓고선.

친구　알아. 알아.

석구　아는 새끼가.

친구　만약에. 만약에.

석구　뭐가 만약이야. 총알에도 안 뚫릴 뻔뻔한 새끼야.

두 사람 장난하며 엉긴다. 조명 꺼진다. 박석구 아내의 이불을 잘 덮어 준다.

4.

병실 아내에게 여러 호스와 링거 주사가 꽂혀있다. 박석구 옆에
앉아있다.

아내 기영아빠.
박석구 어. 여기 있어.

아내 간혹 기침을 한다. 박석구 일어나 아내의 입 주위를 닦아준
다. 콧줄을 다시 고쳐주고 머리를 쓰다듬는다.

아내 기영아빠.
박석구 나. 여기 있어.

아내 심하게 기침한다. 박석구 긴박하게 일어나 아내의 입을 닦아
준다. 기침이 잦아들지 않는다.

아내 석구씨.
박석구 그래. 혜련아. 나 여기 있어.
아내 석구씨.
박석구 간호원! 간호원!

조명 어두워진다.

다시 병실. 아내의 머리가 다 밀려 있다. (모자를 쓰고 있어도 무
방하다) 더 많은 장치들과 주사 링거가 꽂혀있다. 박석구 그 옆에
아내의 손을 잡고 앉아 있다.
조명 어두워진다.

다시 병실 박석구 아내의 곁에서 손을 이마에 대고 기도하는 모습.
조명 어두워지고
다시 병실. 아내의 손을 놓지 않는 박석구. 작은 흐느낌.

조명 어두워진다.

병원 원무과장실.

원무과장 앉으시죠.
박석구 예.
원무과장 커피? 녹차?
박석구 괜찮습니다.
원무과장 각설하고 단도직입적으로 말씀드리겠습니다.
박석구 …
원무과장 저희 병원과 같은 재단 대학 교직원이셨죠?
박석구 그렇습니다.

원무과장 저희로선 최대한의 예우를 갖춰서 환자-

박석구 제 아내입니다. 강혜련.

원무과장 예. 강혜련 님.

박석구 신경 써주신 점 감사하게 생각하고 있습니다.

원무과장 교직원이셔서 아시겠지만 병원에서 드릴 수 있는 모든 혜택을 다 드리고 가격 면에서도 파격적으로 예우해드리고 있는 거 아시죠?

박석구 물론입니다. 매우 감사하게 생각하고 있어요.

원무과장 박 선생님.

박석구 …

원무과장 병원에서 환자들 민원으로 저희 업무가 마비될 지경입니다. 저희 병동뿐만 아니라 타 병동에서 선생님 때문에 난리들이에요.

박석구 …

원무과장 저희 병동 옆이 어린이 병동입니다. 아세요?

박석구 …

원무과장 선생님을 찍은 동영상이 인터넷에 퍼졌어요. 어떤 놈이 찍어 올렸는지 모르지만…

박석구 죄송합니다.

원무과장 죄송해서 될 일입니까? 이게? 지금 병원 안팎으로 난리에요. 선생 때문에. 바바리맨도 아니고. 더구나 교회 장로란 양반이.

박석구 장로와 아무 상관없습니다. 제가 여성 옷을 입은 것과는.

원무과장 그러니까 계속 이럴 거냐고요. 지금 학교 부설 교회에서도 다들 내보내라고 난리에요. 아니 그런 짓을 할 거면 집에서 할 것이지 왜 우리 병원에서 이러십니까? 혼자서 무슨 짓을 하든 누가 뭐래요? 지난번에 말씀드렸잖아요. 그러지 마시라고.

박석구 의복은 개인의 취향입니다. 범법도 아니고.

원무과장 범법이 아니라고요?

박석구 제가 무슨 죄를 졌습니까?

원무과장 남자가 대명천지에 병원에서 여자 옷을 입고 돌아다니는게 왜 범법이 아닙니까? 풍기문란에 사회기강 혼란 죄, 범죄 중 중범죄죠. 더구나 하나님 보시기에 덕스러워 하시겠어요? 항문성교나 하는 짓거리가.

박석구 이보세요. 원무과장님.

원무과장 말이야 바른 말이지 내가 없는 말 했습니까? 여장하고 남자랑 그러니까 뭐 동성애가 말이 좋아서 동성애지 어디라고 하나님 지켜보시는데 그런 말도 안 되는 개짓거리를.

박석구 (머리를 감싸며) 그만. 그만요.

사이.

박석구 아내 병세만 호전될 때까지-

원무과장 안 됩니다. 당장 남자 옷으로 갈아입든가 퇴원해주세요. 병원장님의 지시입니다.

박석구   원무과장님.

원무과장   박석구 선생님이 전 교직원이나 되니까 이런 조치하는 겁니다. 다른 경우라면 당장 퇴실이에요. 모든 혜택도 박탈이고. 병원에서 고소 안 한 것만도 다행으로 아세요.

박석구 고개를 숙인다.

원무과장   전 병원장님 지시사항 분명히 전달했습니다. (작은 소리로) 장로란 양반이.

원무과장 밖으로 나간다.

5.

병실로 딸과 아들이 들어온다. 아내는 잠들어 있다. 호스나 장치들은 줄어들어 있다. 박석구 다시 남장을 하고 있다.

딸	아빠 그만 쉬세요. 오늘은 제가 지킬게요.
아들	아빠. 나도 같이 있을게.
박석구	괜찮다. 일 봐.
딸	이러다 아빠도 쓰러지겠어. 아빠 모습 좀 봐요.
아들	아빠. 이런다고 엄마가 더 나아지는 것도 아니잖아.
박석구	괜찮으니까 너희들은 너희 일들이나 잘 해.
딸	아빠.
박석구	너 독창회 준비해야 하잖아. 기량인-
아들	작업실 포기했어요.
박석구	왜? 얻으라고 했잖아. 돈이 모자랐니?
아들	그게 아니라-
딸	이 판국에 작업실이 문제에요? 난 독주회고 뭐고 다 망가져 버렸는데.
아들	그게 나 때문이야?
딸	누가 너 때문이래?
아들	뉘앙스가 그렇잖아. 꼭 나 때문에 망친 것처럼.

딸	야. 그만 둬. 말 섞고 싶지 않아.
아들	난 뭐 너하고 말하고 싶은 줄 아냐? 재수 없게.
박석구	기량아.
아들	매사가 저 따위라니까. 아빠도 봤잖아. 저만 엉망인가? 지금 젤 걱정할 사람은 아빠잖아.
딸	내가 그걸 몰라?
아들	아는 인간이 아빠 앞에서 엄마 저렇게 누워 있는데-
딸	네가 지금 내 상태가 어떤지 알기나 하고 그딴 소리야?
아들	나도 너만큼이나 엉망진창이라고! 웹툰 연재도 끊겼다고. 그림 작가 모임에서도 퇴출됐다고.
딸	나 파혼 당했어.
박석구	뭐?
딸	약혼식 유보하재.
아들	무슨 소리야?
딸	유학도 없던 걸로 하재. 석진씨가.
박석구	무슨 소리냐. 그게?
딸	문병 오고 며칠 연락이 없더니.
아들	뭐야? 그럼 우리 엄마가 좀 아프다고 파혼하자는 거야? 아니 많이 아프다고 쳐. 그게 파혼하고 무슨 상관이야?
딸	누가 그거 때문이래?
아들	그럼 뭐야?

딸, 박석구를 노려본다.

딸　이게 다 아빠 때문이야.

아들　그게 왜 아빠 탓이야?

딸　(악을 쓰며) 아빠가 그 옷 입은 모습만 안 보였어도 석진씨가 그렇게 이상하게 보진 않았을 거 아냐? 자기 부모님한테 어떻게 말씀 드리느냐고 절대 못 한다고 그렇게 얘기하진 않았을 거 아니냐고?

아들　뭐?

박석구　기영아.

딸　엄마가 저 지경이 됐는데 아빠는 뭐야? 어떻게 여자 옷을 입고 있을 생각을 해?

아들　아빠가 다급해서 까먹었나보지?

딸　뭘 까먹어? 석진씨 문병 온다고 전화까지 했는데. 일부로 그런 거잖아. 보란 듯이.

아들　그건 누나가 얘길 잘 했어야지.

딸　뭘 얘길 잘 해? 어떻게 얘길 잘 해? 우리 아빠 커밍아웃 했으니까 니가 이해해라. 앞으로 시부모님 될 분들한테 그냥 여자로 살아가신답니다, 우리 아빠, 이렇게 말해?

아들　아니 그게 아니라―

박석구　미안하다.

딸　이게 미안해서 될 일이에요? 교회에서도 난리에요. 박석구 장로님 마귀 씌었다고. 목사님이 말하시는데 장로 평의회에서 아빠 장로직 피탈될 거래요.

박석구　내가 수습하마.

딸	수습요? 어떻게요? 아빠가 지금 이렇게 다 망쳐 놓고 뭘 어떻게 수습을 해?
박석구	소리 지르지 마라. 엄마 간신히 수면제 맞고 잠들었는데.
딸	그러니까 아빠가 여자니 뭐니 그딴 짓만 하지 않았어도 엄마도 저 지경이 되진 않았을 거 아네요?
박석구	뭐라고?
딸	아빠 때문에 엄마가, 그 여자가 되겠다는 말에 화나서 운동하다 쓰러진 거잖아요.
박석구	기영아.
딸	어렸을 때부터 엄마는 날 아주 들들 볶았어. 하나부터 열까지 뭐든 마음에 안 든다며. 날 들들 볶았다구. 주변 사람들과 날 비교하면서 주원이는 잘하는데 넌 왜 못하니? 선미는 저런 환경에서도 그렇게 잘하는데 넌 뭐가 모자라서 못하니? 넌 왜 그 모양이니?
박석구	아니야. 기영아.
딸	부부간 화목하지 못한 걸 어쩌자고 자식한테 풀어? 엄마의 히스테리가 아빠 때문인지 내가 몰랐을 거 같아? 이게 다 아빠 탓인 줄 내가 모를 거 같냐구?

박석구 딸의 뺨을 때린다. 그러나 곧 놀라서 손을 거둬들이고 딸을 바라본다.

딸 박석구를 노려보다 밖으로 뛰쳐나간다. 아들 나간 딸과 박석구를 번갈아 쳐다본다.

아들	엄마가 우리한테 좀 심하긴 했어. 그래도 누나가 저러는 건 아니지. 아빠. 난 아빠 이해해요.

아들 나간다. 박석구 털썩 주저앉는다. 적막. (적어도 5초 이상)

아내	기영아빠.
박석구	어. 일어났어?
아내	물.
박석구	그래.

박석구 아내에게 물을 먹인다.

아내	목이 깔깔해.
박석구	약 때문에 그래.
아내	그동안 너무 건강에 신경을 안 썼나봐.
박석구	이제부터 신경 쓰면 되지.
아내	이제 와서 뭔 소용이우.
박석구	무슨 소리야? 완쾌될 수 있어.
아내	완쾌?
박석구	그럼.
아내	나 기대 안 해요.
박석구	그런 말 말아요. 기영엄마.
아내	나 다 들었어.

박석구　무슨 소리야?

아내　주치의가 하는 말.

박석구　아니야. 그건 항암치료가 안 되면 다른 치료도 가능하단 말이었어. 별거 아니랬어. 요즘은 의술이 좋아 이 정도는 아무것도–

박석구 갑자기 목이 멘다.

아내　당장 죽진 않을 거야. 억울해서 어떻게 죽어?

박석구　그럼. 아직 하고 싶은 거 하나도 못 했잖아. 우리.

아내　당신 사랑도 듬뿍 받지 못 했는데.

박석구　미안하오. 여보.

아내가 손을 뻗는다. 박석구 그 손을 잡는다. 아내 작게 흐느낀다.
박석구 가슴으로 오열.

아내　나 당신한테 정말 잘하고 싶었는데.

박석구　여보.

아내　내가 좀 무뚝뚝했지? 애교도 없고.

박석구　아냐. 당신이 얼마나 예쁘고 얼마나 애교가 넘쳤는데.

아내　정말?

박석구　그럼.

아내　석구씨.

박석구	…
아내	나 사랑했었수?
박석구	그럼.
아내	얼만큼.
박석구	하늘만큼, 땅만큼.
아내	정말?
박석구	그럼. 가슴이라도 열어 보일까?
아내	아니. 믿어요.
박석구	…

아내 바튼 기침. 박석구 일어나 아내의 입 주위를 닦아 준다.

아내	석구씨. 나 집에 가고 싶어.
박석구	집?
아내	애들만 있을 텐데. 얼마나 엉망일까?
박석구	걱정 마. 애들이 잘 해.
아내	난 아직도 물가에 내 논 느낌이에요. 기영이랑 기량이. 아직도 똥 기저귀 빨아 입혀야 할 거 같고.
박석구	이제 시집 장가 갈 녀석들인데.
아내	그럼 뭐 해? 아직 우리가 신경 써 주지 않으면 아무것도 못 하는 것들인데.
박석구	신경 쓰지 마. 잘할 거야. 제 앞가림.
아내	다 내 소관이야. 당신만 빼고.

박석구	난 왜?
아내	혼자서도 잘 해요. 우리 낭군님.
박석구	아냐. 난 당신 없으면 아무것도 못 해. 양말도 못 갈아 신는데.
아내	이제부터 하면 되지.
박석구	아냐. 못 해. 당신이 해줘.
아내	응석은.
박석구	난 당신 없으면 시체야. 앙꼬 없는 찐빵. 김빠진 사이다.
아내	또.
박석구	거품 없는 맥주.
아내	그럼 당신과 난 천생연분 껌딱지네.
박석구	그럼. 천생연분 껌딱지.
아내	석구씨.
박석구	응.
아내	이름 부르니까 옛날 생각나고 좋네.
박석구	…
아내	근데 당신 왜 그 옷 안 입었어?
박석구	응?
아내	원피스.
박석구	어 그거? 병원에서 벗으래서.
아내	그치? 다른 환자들이 난리친대지?
박석구	(고개를 주억댄다)
아내	내 그럴 줄 알았어. 근데 뭔 상관이래. 지들이? 남이사 뭘

하든?

박석구　어?

아내　이참에 그냥 집으로 가요. 치료할 것도 더 없다면서 돈만 밝히는 것들.

박석구　아니 여보.

아내　아니야. 기영 아빠. 남의 일에 감 놔라 배 놔라 하는 것들은 뭘 해도 제대로 못 해. 그리고.

아내 박석구를 쳐다본다.

박석구　왜?

아내　보고 싶네.

박석구　응?

아내　보고 싶다고.

박석구　뭘?

아내　희한하게 여장한 당신이 보고 싶네.

박석구　언제는 하지 말라더니.

아내　그러게. 근데 나. 당신 이해하기로 했어요.

박석구　여보.

아내　늙어 말년 친구 하나 생기는 건데. 것도 괜찮은 거 같아.

박석구　여보.

아내　남편 그거. 30년 넘게 살아봐서 이젠 지겹네.

박석구　(웃으며) 그랬나?

아내	수술하겠다면 말리지 않을게.
박석구	기영엄마.
아내	당신 일본 여행 봉투에서 병원 팸플릿 봤어.
박석구	…
아내	당신이 얼마나 진지하게 고민했을지 그때는 몰랐어요.
박석구	…
아내	나 누가 뭐래도 당신 사랑할 거야.
박석구	여보.
아내	석구씨. 여자가 돼도 나랑 평생 사랑하며 살기다.
박석구	혜련아.
아내	바보같이 울긴.
박석구	나 이쁠까?
아내	그럼. 나보다 이쁠 거야. 훨씬,
박석구	당신보단 아니지.
아내	그런가?
박석구	그럼.
아내	그치? 내가 한 미모하지?
박석구	그럼.
아내	이제부턴 뭐라 부르지? 여보, 당신은 아니고, 기영아빠도 아니고, 석구씨도…
박석구	글쎄?
아내	석순씨?
박석구	혜연.

아내　　그건 아니라니까.

밖에서 백광화가 들어온다.

백광화　미스 대디 어때요?

박석구　(깜짝 놀라며) 어서 오세요.

백광화 손에 백합을 한가득 들고 있다.

백광화　(공손하게) 안녕하세요. 혹시 제가 방해했나요?

박석구　아닙니다. 여보. 여긴 빨간여우님.

아내　　안녕하세요.

박석구　인터넷 닉네임이 빨간 여우.

백광화　(웃으며) 빨간 마녀.

박석구　아. 빨간 마녀님.

아내　　제가 몰골이-

백광화　아름다우신데요. 뭐. 저도 여사님처럼 아름다울 수 있을까요? 여사님 연세 때요.

아내　　혹시…

박석구　아니야. 이분은 여성분이셔.

아내　　그렇구나. 어쩐지 너무 이쁘다 했어.

백광화　(웃으며) 사실 저 남자로 태어났어요.

박석구　예?

백광화 좀 특이한 경우죠. 어려서 외국에서 자랐는데 그게 크게 문제가 되진 않았어요.

아내 그럼 지금도?

백광화 고추 있냐고요? 자연 퇴화라 할까? 지금은 여자만 남았네요.

박석구 그럼 남녀 모두?

백광화 희귀하지만 없진 않아요.

박석구 그렇군요.

아내 그럼 반대도 있어요?

백광화 여자가 퇴화돼 남자로 살아가는 경우요? 당연히 있죠.

백광화가 꽃병에 백합을 꽂는다.

아내 혹시 올해 몇이에요?

백광화 마흔다섯입니다.

아내 결혼은?

백광화 친구랑 같이 살고 있어요.

아내 (주저하며) 남자?

백광화 (웃으며) 아뇨. 그게 궁금하셨구나.

아내 남자 지겹기는 해.

백광화 그렇죠?

박석구 이거 어째 좌불안석이네.

아내 남자 이미 용도 폐기하지 않았나?

백광화 그럼 여긴 여성만 셋인가요?

박석구 그런가?

아내 그렇지.

백광화 미스 대디님 좋으시겠어요. 반평생을 이렇게 멋진 여성분을 아내로, 남은 반평생은 친구로.

박석구 그러게 말입니다.

아내 (웃으며) 내가 좀 멋지긴 하죠.

아내 박석구를 본다.

아내 근데 저이도 아가씨처럼 이쁠까? 내가 보기엔 아닐 거 같은데.

백광화 아니에요. 충분히 아름다우실 거예요.

박석구 충분히?

백광화 충분히.

아내 맞아. 충분히. 이참에 상의할 게 있는데.

박석구 상의?

백광화 두 분 말씀 나누세요. 전 그만.

아내 아니에요. 마녀님도 상관있는 일이에요.

백광화 괜히 겁나는데요. 혹시 대디님 옛날 남편으로 물어내라시는 건 아니죠?

아내 남편 따위 필요 없어.

박석구 내가 그렇게 엉망이었나?

백광화 지금이 너무 빛나시는 거죠.

아내 이봐요. 미스 대디. 이거 입에 붙네. 짝짝 붙어.

백광화 그렇죠.

박석구 그럼 난 당신을 뭐라 부를까?

아내 나? 저거.

백광화가 가져온 백합을 가리킨다.

박석구 릴리?

백광화 좋네요. 백합은 순결을 뜻해요. 순백의 상징이기도 하고요.

아내 난 좀 안 순결하고 싶은데.

백광화 블랙 릴리. 반 순결.

박석구 블랙 스완처럼?

아내 괜찮은 것 같은데? 블랙 릴리. 기영이 말마따나 엣지있어
보여.

박석구 그럼 당첨?

아내 당첨.

세 사람 행복하게 웃는다. 담소소리 점차 작아진다. 간혹 환갑이나
카페 여울이라는 단어가 옅게 들린다.

6.

카페 여울. 축제 분위기 한창이다. 아들이 마이크를 잡는다.

아들 제가 친구들이나 동료 만화가들 결혼식 사회를 본 적이 심심찮게 있었습니다. 모든 일이 그렇습니다만 그런 사회를 본다는 것 자체가 매우 뜻깊고 또 사회를 저에게 맡겨 주신 분들은 저를 특별히 생각해 주시기에 더더욱 감사하고 고마운 일이겠죠. 그렇지만 그들의 바람에 부흥해야 한다는 부담감이었을까요? 전날 잠을 설치기 일쑤였습니다. 내가 장가를 가는 것도 아닌데 잠은 왜 설치냐구요? 물론 남이 가는 장가에 제가 설렐 이유는 전혀 없습니다. 뭐 신랑 신부를 다 아니까 상상을 하다 늦잠이 들 수는 있을 듯합니다. 어디부터 만질까? 어딜 먼저 벗길- 아 죄송합니다. 19금이 버릇이 되 나서. 이거 결혼식엔 잘 먹힙니다. 각설하고요. 제가 왜 매번 잠을 설치느냐? 이게 대부분 안면에 받혀서 하는 일이다 보니 입금 안 되기 때문입니다. 저 입금 안 되면 그림 안 그립니다. 입금 안 되면 사회 안 봅니다. 당연하잖아요. 벼룩이 간을 빼 먹지. 아 이것들이 돈을 부쳤나? 아직도 안 부쳤네. 사회를 반만 보고 그냥 가 버릴까? 결국은 분노를 하다가 벌건 눈으로 식장에 갑니다. 희한하죠? 입금 분노는 어디로 갔는지 열정적으로 사회를 보게 되는 겁니다. 하객을 웃겼다 울렸다 저도 적당히 그 상황을 즐겨 가면서요. 어제도 한숨 못 잤습니다. 입금 안 됐냐고요? 아뇨. 이번엔 제가 자청을 했습니다. 근데 왜 잠을 설쳤을까요? 그것은 오늘의 주인공이 제 부모님이기 때문입니다. 제 아버지 박석구의 환갑 또 그의 아내 강혜련과의 30주년 결혼기념식이죠. 그뿐이 아닙니다. 미스 대디님과 블랙릴리님의 여성커플 탄생을 공식적으로, 예? 아 ,비공식적으로 우리끼리만 알리는 자리가 오늘 이 시간입니다. 이제 저는 어쩌죠? 아빠를 엄마라고 불러야 하나요? 암튼 그건 제가 차차 정리하겠고요. 말이 길었죠? 저도 이런 사회는 처음이라. 힘찬 박수 부탁드립니다. 미스 대디와 블랙릴리 커플입니다.

두 사람 등장한다. 환호. 딸 등장. 미스 대디와 포옹. 미스 대디의 옷매무새를 고쳐 주는 딸.
블랙릴리 미스 대디에게 꽃으로 만든 화관(목걸이?)을 걸어 준다. 미스 대디 블랙릴리에게 옷감을 감아 준다. 백광화 들고 있던 장미 꽃잎을 두 사람 머리 위에 뿌린다. 모두 나와 장미 꽃잎을 두 사람에게 뿌린다. 무대에 꽃잎이 흩뿌려진다. 모든 사람들 음악에 맞춰 군무를 춘다.

암전.

7.

암전 상태에서 공항 북적이는 소리.

블랙릴리 (목소리) 우리 일본 가는 거 맞지?

미스 대디 (목소리) 아니.

블랙릴리 그럼?

미스 대디 유럽.

블랙릴리 유럽?

미스 대디 응.

블랙릴리 왜?

미스 대디 그냥.

블랙릴리 그래. 미경언니도 갔다 왔다는데.

미스 대디 그치?

블랙릴리 응. 근데.

미스 대디 뭐?

블랙릴리 병원은?

미스 대디 자기?

블랙릴리 아니 자기.

미스 대디 우선 좀 살아 보고.

블랙릴리 어디부터 가나? 뭐부터 하지?

미스 대디　글쎄.

블랙릴리　에이. 어떻게든 되겠지.

미스 대디　맞아. 어떻게든 될 거야.

비행기 이착륙 소리.

끝.

한국 희곡 명작선 124

미스 대디

초판 1쇄 인쇄일   2022년 11월 1일
초판 1쇄 발행일   2022년 11월 7일

지 은 이   정재춘
만 든 이   이정옥
만 든 곳   평민사
           서울시 은평구 수색로 340 〈202호〉
           전화 : 02) 375-8571 / 팩스 : 02) 375-8573
           http://blog.naver.com/pyung1976
           이메일 pyung1976@naver.com
등록번호   25100-2015-000102호
ISBN   978-89-7115-065-8   04800
           978-89-7115-663-6 (set)
정   가   7,000원

이 책은 사단법인 한국극작가협회가 한국문화예술위원회의 2022년 제5회 극작엑스포
지원금을 받아 출간하였습니다.